AF346699

24

A l'ombre de la Mort

1914-1915

*Les peuples assis dans l'ombre
de la mort ont vu une grande
lumière.*

Esaïe. IX. 1-2.

PARIS
LIBRAIRIE FISCHBACHER
33, RUE DE SEINE, 33
1916

A l'ombre de la Mort

1914-1915

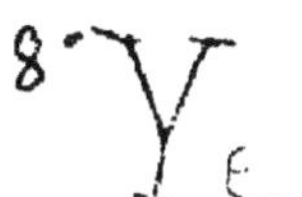

A l'ombre de la Mort

1914-1915

> Les peuples assis dans l'ombre
> de la mort ont vu une grande
> lumière.
>
> (ESAIE. IX. 1-2.)

PARIS

LIBRAIRIE FISCHBACHER

33, RUE DE SEINE, 33

1916

Tous droits réservés

A L'OMBRE DE LA MORT

Dans la lutte et dans les alarmes,
Où l'ordre est de vaincre ou périr,
Ce ne sont pas de faibles larmes
O France! que je viens t'offrir.
Mon noble pays, qui t'élances
A la défense du bon droit,
Je veux t'apporter ma vaillance :
C'est l'hommage que je te dois.

Pour une cause souveraine,
Tu dus armer tous tes enfants....
Leur sang coule à flots dans la plaine,
L'ennemi semble triomphant.
Devant la horde qui t'assaille,
Barbares, fils des vieux Germains,
Le monde, épouvanté, tressaille,
Et vers toi, France! tend les mains.

Mais tu n'hésites ni ne trembles,
Tous tes fils sont prêts et debout,

Frères qui vont lutter ensemble,
Soldats ou martyrs, jusqu'au bout.
Afin de rétablir le règne
D'amour, par les hommes trahi,
Comme le Rédempteur, tu saignes….
France! tu vaincras comme Lui.

C'est vainement que l'on foudroie
Les plus purs héros de ton sol;
En criant : Saint-Denis! Montjoie!
Plus haut, ton âme prend son vol.
Comme un aigle indompté s'élève,
Comme un lion blessé rugit,
Ton peuple tout entier se lève,
Et devant l'ennemi surgit.

S'il faut du sang, de la souffrance,
D'écrasants efforts, et des pleurs,
Donnons-les tous, c'est pour la France,
Donnons nos trésors, les meilleurs.
Pour venger l'admirable Mère
Qu'elle fut partout et toujours,
Nulle offrande n'est trop amère,
Nul sacrifice n'est trop lourd.

O noble France, ma Patrie,
Tout mon amour et mon orgueil,
Plus grande, parce que meurtrie,

Plus belle encore, dans ton deuil!
Tu ne voudrais pas être plainte,
Tu dédaignes les regrets vains.
Car tu défends la cause sainte,
Et ton sacrifice est divin.

Août 1914.

LE PRESSENTIMENT DE L'OMBRE
MAI-JUIN 1914

DEVANT UNE CROIX

I

Sur le plus haut sommet, regardant la vallée,
    Est dressée une grande croix ;
Mes yeux, cherchant le ciel, me l'avaient signalée,
    Mais je l'aimais moins, autrefois.

Je n'avais pas compris le message splendide
    Qu'elle lance aux ombres d'en bas :
« Monte ! quitte le val pour le sommet aride !
    Monte, ô cœur ! tu m'y trouveras ! »

Car il n'est point de lieu que la croix ne domine
Mais tandis qu'elle écrase, au fond de la ravine,
Elle élève, au sommet, sur ses deux bras tendus.
Monte vers la clarté, pauvre âme ! sors du gouffre ;
Et rends grâces à Dieu, si, par ce que tu souffres,
Ta croix ressemble un peu à celle de Jésus !

II

Tout homme a deux croix dans le cœur,
Celle du Sauveur et la sienne.

Peu importe qu'il en convienne,
Elles sont là, sur la hauteur.

Un jour, il faudra qu'il y monte.
Et soit sur la sienne lié,
A côté du Crucifié,
Pour son salut ou pour sa honte.

Des deux bandits du Golgotha,
Entre lesquels Jésus expire,
L'un que la souffrance sauva,
Et l'autre qu'elle a rendu pire.

Lequel seras-tu, quand viendront
Pour toi, les heures de torture?
Finiras-tu dans le murmure,
Ou dans la paix du bon larron?

Ah! n'attends pas l'heure suprême,
Cœur mortel, pour faire ton choix!
Pour pouvoir monter sur la croix,
Sans désespoir et sans blasphème.

Ecoute celui qui te dit :
« Viens à moi, pauvre âme qui tremble!
« Quand nous aurons souffert ensemble,
« Peu de temps, sur le bois maudit,

« J'entrerai dans mon divin règne,
« Où je me souviendrai de toi...
« Tu seras ce soir, toi qui saignes,
« Dans le Paradis, avec moi. »

LES RAMEAUX

Sur la route qu'Avril timidement embaume,
Où l'épine fleurit sur le bord du chemin,
Comme aux jours d'autrefois, ô Maître, tu reviens,
Pour nous parler encor du Père et du Royaume.

Tu passes; et vers toi, tremblant, tendant les mains,
La foule, dont jamais la misère ne chôme,
Implore ta merci.... Verse lui, comme un baume,
Tes paroles d'amour et de pardon divins.

Comme elle, sur la route où sa douleur t'assiège,
Meurtris des mêmes coups, nous te faisons cortège,
Seigneur! nous t'attendions déjà depuis longtemps!
Pour fêter ton retour en ta ville, sans doute,
Nous aurions dû cueillir des palmes sur la route,
Et jeter sous tes pas des manteaux éclatants.

✠ ✠ ✠

La nature le fait; elle ouvre les corolles,
Poudrant de neige rose un arbre du verger....
Aux champs, les liserons tressent des banderolles;
Et l'hymne du soleil, dans le ciel plus léger,

Monte, pur et vibrant, avec des notes folles,
Des appels triomphants, qui viennent t'adorer....
Nous seuls, pour t'accueillir, n'avons plus de paroles,
Et te voyant, Seigneur, ne pouvons que pleurer.

Car nos bonheurs sont morts, nos fleurs se sont flétries,
Et l'Avril ne peut plus, sur des lèvres chéries,
Faire éclore un sourire à nos yeux éperdus....
Pour don d'avènement, à l'aube de ton règne
Nous ne pouvons t'offrir que notre cœur qui saigne,
Et le regret des jours que nous avons perdus.

✠ ✠ ✠

Mais les voici, Seigneur, qui connus la souffrance,
Nos palmes, nos rameaux : voici nos deuils soumis.
Voici nos vains efforts, nos pleurs sans délivrance,
Voici le cher bonheur que la mort nous a pris.

Ah! dans le renouveau qui toujours recommence,
Nos cœurs, que nul élan courageux n'a repris,
L'attendent de toi seul, ô Christ! Que ta clémence
Nous aide à repartir, plus forts, bien que meurtris.

Puisque tu vas entrer aujourd'hui dans ta ville,
Fais que nous t'y suivions, non en troupeau servile,
Mais en disciples vrais, ardents, prêts au combat.
Et si c'est à la croix que conduit ton service,
Aide-nous jusqu'au bout! Qu'au seuil du sacrifice,
    Notre foi ne défaille pas !

CHEMIN DE CROIX

I

Pilate le livra pour être crucifié (MARC XV. 15).

Pilate a prononcé la sentence, Seigneur;
Mais le vrai juge, hélas! en ce procès infâme,
Ce n'est pas ce Romain sceptique, c'est mon cœur.
Le cri de « crucifié! » est sorti de mon âme.

Car c'est le mal qui l'a poussé, ce cri d'horreur
Qui monta jusqu'à toi comme une impure flamme;
Et ce mal est en moi, présent, sinon vainqueur,
Qui, malgré mes efforts, t'offense et te diffame.

Que de fois, servant l'ennemi comme une esclave,
J'ai dû verser ce sang dont Pilate se lave,
Par ma faute, à ces cris de mort joindre ma voix!
Ta condamnation est notre œuvre; et nous sommes
De ceux à qui Pilate ayant dit : « Voici l'homme! »
    Ont pour toi réclamé la croix!

✠ ✠ ✠

II

Il leur abandonna Jésus (Luc XIII. 26).

Hélas! si nous pouvions y penser davantage!
Si nous nous rappelions, quand l'adversaire attend,
Que chaque faute ajoute à ta croix un outrage,
Comme nous dirions mieux : « Retire-toi, Satan! »

Nous t'apportons, Seigneur, notre cœur repentant,
Torturés et confus en voyant notre ouvrage;
Fais que nous y songions toujours en combattant,
Afin que nos remords nous donnent du courage!

Maître, qui pris la croix que méritaient nos cœurs,
Meurtri pour nos péchés, chargé de nos langueurs,
Prêt à donner ton corps, suprême sacrifice,
Les membres déchirés, les épines au front,
C'est à cause de nous qu'il faut que tu périsses....
O miséricordieux Sauveur, nous t'adorons!

III

Près de la croix se tenait sa Mère (Jean XIX. 25).

Pauvre Mère! jadis, aux jours de Nazareth,
Vous vous disiez peut-être, en votre âme fervente,

Que Siméon s'était trompé dans son arrêt,
Et que Dieu laisserait son Fils à sa servante.

Mais lorsqu'il eut douze ans, et qu'avec les Docteurs
Il s'occupait déjà des choses de son Père,
Votre cœur se serra d'une étrange douleur,
Car c'est de ce jour-là que date le Calvaire.

Et maintenant, voici les suprêmes combats.
Il n'avance qu'à peine... ô Mère! ouvrez les bras,
Afin qu'il s'y repose encore une minute!
Car son heure est venue... il est abandonné....
Et vous seule pouvez, à ce cœur torturé,
Adoucir un instant l'angoisse de la lutte.

IV

Ils prirent Simon, et le chargèrent de la croix (Luc XIII. 16).

Et sur la longue route où le Sauveur se traîne,
On requiert, pour l'aider, car trop lourde est la croix,
Le bras solide et fort de Simon de Cyrène,
Qui prête son épaule et soulève le bois.

O Seigneur! sous les coups du bourreau qui t'emmène,
Tu voulus nous garder d'un désespoir sans nom!
Tu veux bien partager avec une âme humaine
Un instant... le fardeau de la Rédemption!

Tu permets à Simon de t'aider!... privilège
Ineffable! ta croix par son effort s'allège!
Oh! fais que nous aussi, pressés par ton amour,
Sachant que des souffrants tu t'es fait solidaire,
Nous aidions à porter la croix de quelque frère,
Pour que ton propre faix, ô Christ! te soit moins lourd.

V

Elle a fait une bonne action (MATH. XXVI. 11).

Hélas! durant les jours de ton pèlerinage
Terrestre, nul des serviteurs que tu comblas
Ne te rendit jamais un tendre témoignage,
Ne parut se douter que tu sois triste ou las!

Ils venaient tous à toi pour recevoir ta grâce,
Pour être pardonnés, relevés, ou guéris....
En criant : « Sauve-nous, Seigneur! » lorsque tu passes ;
Et nul ne s'aperçoit que tes pieds sont meurtris.

Seule, une pauvre femme a compris ; humble et douce,
Elle avance vers toi sans voir qu'on la repousse,
Et répand sur ton front un parfum de grand prix.
Et ton cœur déchiré goûte un bonheur céleste...
Car cet amour fervent, la douceur de ce geste,
    Ont fait du bien à Jésus-Christ!

VI

Il la porta derrière Jésus... (Luc XXIII. 26).

Et lorsque nous lisons son histoire, l'envie
Nous saisit, de ce qu'elle a pu faire pour toi.
Seigneur, nous voudrions te vouer notre vie...
Mais comment te prouver notre amour, notre foi?

Et voici qu'à travers les temps, ta voix bénie
Nous arrive : « Aimez-vous, car nul ne vit pour soi,
« Quand vous aurez guéri la misère infinie
« D'un frère malheureux, vous l'aurez fait à Moi. »

« Car je suis avec vous jusqu'à la fin du monde.
« Il n'est fardeau si lourd, ni douleur si profonde,
« Qui n'éveille un écho dans mon cœur fraternel.
« Je n'ai jamais cessé d'être le Fils de l'homme. »
Oh! Seigneur, à ta voix, l'argile que nous sommes
A le pressentiment de l'amour éternel!

VII

Ne pleurez pas sur Moi (Luc XIII. 28).

Seigneur, tu t'en allas sans vouloir qu'on te plaigne,
Que de sanglots tardifs on vienne te leurrer;

Notre vaine pitié, devant ton front qui saigne,
Se trouve sacrilège, et n'ose plus pleurer.

O Roi! la foule, hélas! te frappe et te dédaigne...
Un Pierre te renie... et les autres t'ont fui....
Mais tu sais que bientôt tu seras dans ton règne,
Et le trône éternel t'attend dès aujourd'hui....

Comment plaindrions-nous ta grandeur qui s'immole?
Que sont nos pleurs, ô Dieu! et que sont nos paroles,
Près de ton sacrifice et de sa majesté?
Nos cœurs ne peuvent plus qu'adorer et se taire...
Et, délivrés du joug d'un tyran détesté,
Saluer sous ta croix la gloire de ton Père.

IX

Ils prirent Jésus... (JEAN XIX. 16).

Voici : le but est proche et ta force s'épuise;
Agneau de Dieu, qui porte un fardeau écrasant,
Pour la troisième fois, l'horrible effort le brise;
Tu tombes, tout couvert de poussière et de sang....

Et toi, qu'eussent servi douze légions d'anges,
Qui commandas au vent, à la mer, au tombeau,
Tu te traînes, Seigneur, accablé, dans la fange,
Et le passant railleur te refuse un peu d'eau!

Ah! Dieu permet l'horreur de ta lente agonie
Parce que le péché, que le monde aime, ou nie,
N'eût pas été vaincu sans tes douleurs, ô Roi !
Et nous ne saurions pas que mortelle est l'offense,
Si nous n'en voyions pas l'affreuse conséquence
    En retomber sur toi !

✠ ✠ ✠

X

Ils ont tiré au sort mon vêtement (JEAN XIX. 24).

Ils tirèrent au sort la robe sans couture,
En se la disputant entre leurs doigts souillés ;
Jusqu'à la nudité, tout prêt pour la torture,
    Jésus est dépouillé.

Hélas ! quel dénûment au sien est comparable ?
Et comment pouvons-nous accuser notre sort ?
Si nous sommes proscrits, souffrants et misérables,
    Jésus l'est plus encor.

L'envoyé n'est pas plus que celui qui l'envoie...
Quand Jésus souffrit tant, voulons-nous que la joie
Nous le fasse oublier, ainsi qu'un inconnu ?
Non, la souffrance est bonne ; elle est indispensable ;
Et nous voulons servir, pauvres et misérables,
    Notre Sauveur souffrant et nu.

✠ ✠ ✠

XI

Père, pardonne-leur! (Luc XIII. 34).

Pardonne-nous, Seigneur! Christ même t'en supplie,
Les clous qui l'ont percé, la croix d'ignominie,
L'horreur de sa souffrance et de son agonie!
    Pardonne-nous, Seigneur!

Pardonne-nous, mon Dieu! les marteaux et la lance,
Les outrages railleurs que la foule lui lance,
Le suprême abandon, l'instant de défaillance...
    Pardonne-nous, Seigneur!

Père, pardonne-nous, puisque ton Fils pardonne!
Consacre le salut qu'en mourant il nous donne!
Pour qu'il nous ait conquis l'immortelle couronne,
    Pardonne-nous, Seigneur!

✠ ✠ ✠

XII

Le soleil pâlit... (Luc XIII. 45).

Jésus vient de mourir; son œuvre est accomplie.
Comme son Père, il nous aima jusqu'à la fin,
Jusqu'à l'horrible croix où son corps, brisé, plie,
Après avoir souffert de la soif, de la faim....

Il est mort ; les rochers et le voile du Temple,
Et le ciel assombri, se déchirent soudain...
Hélas, Seigneur, pourquoi nous laisser ton exemple ?
Seuls, nous ne pourrons pas, et tu mourus en vain....

Le désespoir au cœur, tes amis se lamentent.
Tu devais les sauver, et la foule méchante
A fait périr celui qu'ils nommaient roi, tout bas.
Pierre n'est pas absous... et Judas se suicide...
Si tu mourus, Seigneur, c'est que le ciel est vide,
     Ou que le Père n'entend pas !

XIII

Il est ressuscité ! (Luc XIV. 6).

Et nous répéterions ces mots pleins de ténèbres,
Révoltés que le mal demeure triomphant,
En te couchant, Seigneur, dans tes linges funèbres,
S'il devait te garder, ce sépulcre béant !

Si la bonne nouvelle, au Calvaire arrêtée,
Ne nous annonçait plus que la mise au tombeau,
O Christ ! ta mort rendrait tout l'Univers athée,
Car Dieu nous semblerait complice du bourreau !

Mais plus heureux que les disciples de naguère,
Ta tombe, à nos regards, d'une aurore s'éclaire :
Nous pressentons le jour miséricordieux !
Et, sorti rayonnant des ténèbres profondes,
Ton amour rédempteur vient apporter aux mondes
Pâques ! la réponse de Dieu !

✠ ✠ ✠

PÂQUES 1914

La mort exerce ses ravages
Sur toutes choses, en tous lieux,
Sur les cœurs et sur les visages,
Que l'on soit riche, prince ou gueux.
De cet axiome, si vieux,
La preuve est faite, d'âge en âge...
La mort exerce ses ravages.

La mort nous guette à tout moment,
Dans le repos ou la bataille;
Elle met tant d'acharnement
A frapper d'estoc et de taille,
Qu'il n'est bonheur qu'elle n'entaille,
Espoir qu'elle ne jette au vent...
La mort nous guette à tout moment.

A cette affreuse litanie,
Tous les siècles mêlent leurs voix;
Rien n'échappe à sa tyrannie,
L'avenir est rempli d'effrois.
Christ lui-même meurt sur la croix,
Et vivre n'est qu'une agonie...
Ainsi pleure la litanie.

Ah! taisez-vous, tristes accents,
Poignante et monotone plainte!

Voici, dans les cieux frémissants,
Que se lève l'aurore sainte!
La mort desserre son étreinte,
Les tombeaux s'ouvrent, impuissants...
Taisez-vous, funèbres accents!

Oui, taisez-vous! voici la Vie!
De la tombe, Christ sort vainqueur;
L'ère d'épouvante est finie,
L'espoir se lève dans les cœurs
Vous que terrassait la douleur,
Relevez votre âme meurtrie,
Car voici l'éternelle Vie!

Désormais, les cieux sont ouverts,
Le morne horizon s'illumine;
Pâques met aux foyers déserts
Un rayon de clarté divine.
Absents, notre âme vous devine,
Guéris de tous les maux soufferts,
Radieux, dans les cieux ouverts.

Vous vivez aussi, Bien Aimés,
Dans la gloire où Jésus-Christ règne;
Avec lui, déjà, vous règnez...
Qu'importe, alors, que nos cœurs saignent?
Malgré les maux qui nous étreignent,
Un jour, nous serons délivrés
Auprès de vous, ô Bien-Aimés!

Béni soit Dieu qui nous l'assure !
Ensemble, pour lui, nous vivrons !
Nous pleurons de notre blessure,
Les épines ouvrent nos fronts....
Mais, sur la croix dont nous souffrons,
Se lève ta lumière pure...
O Christ vivant, nous t'adorons !

✠ ✠ ✠

LA LAMPE

Allume dans nos cœurs ta lampe, ô Saint Esprit!
Car sur la route sombre où le destin nous mène,
Nous avons essayé mille lampes humaines,
    Et profonde reste la nuit.

Les uns ont cru trouver, dans la science austère,
La raison et l'étude, un éclatant flambeau...
Mais leur plus beau rayon n'éclaire que la terre,
    Et s'éteint au seuil du tombeau.

D'autres ont cru trouver une flamme céleste
Dans l'amour partagé, qui rend vaillants et forts...
La tempête a soufflé... tous les flambeaux sont morts,
    Et leur cendre seule nous reste.

Les yeux dont le regard nous guidait sont fermés;
Les clartés du passé se voilent sous nos larmes;
Est-il une lumière, encor, dans les alarmes
    Dont notre chemin est semé?

Que de lampes, hélas! que notre cœur allume,
Comptant qu'elles luiront dans l'Infini pour nous,
Et dont le pur éclat, rayonnement si doux,
    En un bref instant se consume!

Quels radieux flambeaux, qui nous étaient très chers,
Ayant rempli nos yeux de clartés triomphales,
Se sont éteints, sous l'impitoyable rafale
    Qui ravagea l'horizon clair !

Solitaire, la lampe en notre âme t'implore :
L'huile manque au foyer qui s'éteint peu à peu...
Ne l'abandonne pas ! ravive, Esprit de Dieu,
    Le lumignon qui fume encore !

Embrase-le de foi, d'espérance et d'amour !
Fais monter haut et droit la flamme qui vacille !
Brûle tout interdit... qu'en nous, ta lampe brille
    D'un nouvel éclat, chaque jour !

Qu'elle luise pour ceux dont le regard se voile,
Plus que pour les heureux, d'un charme caressant;
Fais qu'elle soit, aux cœurs où la douleur descend,
    Rayonnante comme une étoile !

Qu'elle soit un fidèle et bienfaisant reflet
De l'astre qui brilla sur la crèche, naguère...
De ce divin amour, merveilleuse lumière,
    Qui ne nous quitte plus jamais !

Et qu'elle nous conduise, à travers les nuées,
Au seuil de la maison paternelle, où Jésus
Nous attend, pour changer nos lampes allumées
    En rayons qui ne mourront plus !

Pentecôte 1914.

✤ ✤ ✤

ASCENSION 1914

« Notre Dieu est le Dieu des cimes,
« Le souverain des hauts sommets ;
« Dans l'ombre où pleurent les abîmes,
« Son regard ne descend jamais...
« Dieu règne sur les hauts sommets. »

Ainsi les Juifs parlaient naguère,
Croyant louer le Roi des rois ;
Regardant le mont solitaire
Où le Seigneur dicta ses lois,
Ils célébraient le Roi des rois.

Et les païens, dans la mêlée,
Quand ils succombaient sous leurs coups,
Disaient aussi : « Dans la vallée
« Dieu n'eût pas été contre nous,
« Nous n'aurions pas subi leurs coups. »

O doctrine affreuse et funeste,
Angoisse de tous les souffrants !
Limiter le pouvoir céleste
Aux sommets purs et triomphants,
Sans s'inquiéter des souffrants !

De cette foi qui désespère,
Une voix nous délivre, un jour,

Nous disant : le regard du Père
Vous suit partout avec amour...
Il veille sur vous, chaque jour.

Aux profondeurs du précipice,
Rien n'échappe aux yeux paternels ;
Il voit les humbles sacrifices,
Les luttes et les deuils cruels ;
Rien n'échappe aux yeux paternels.

Il voit la force de l'orage,
Et les coups qui nous ont surpris ;
Il voit quel ennemi fait rage,
Et quels trésors il nous a pris,
Dans l'ombre qui nous a surpris.

Dans la plus obscure vallée,
Tombe un rayon de sa bonté ;
Il porte l'âme désolée,
Nos pleurs mêmes sont tous comptés
Par son éternelle bonté.

Il connaît les pires souffrances ;
Les plus lourds fardeaux l'ont meurtri ;
Il prête à tous son assistance,
Et s'il montre une préférence
C'est pour les cœurs les plus meurtris....

Ah ! si, sur la montagne haute,
Dieu est le Seigneur glorieux,

De tout val profond il est l'hôte,
Plus grand, miséricordieux,
Que sur le sommet glorieux.

O Dieu des grâces infinies,
Nous t'adorons sur les hauteurs ;
Mais plus encore dans nos vies,
Dans la misère de nos cœurs,
Plus encore dans nos douleurs !

Vers toi, éternelle harmonie,
Christ remonte, vivant et fort !
Il est tout l'espoir de nos vies,
Le Dieu des heures d'agonie
Comme celui du Mont Thabor.

✣ ✣ ✣

LE MOIS D'AOUT 1914

EN HOLLANDE

I

VISION

Dans le ciel rose pâle une étoile sourit,
Comme un regard que Dieu pose sur notre terre ;
Déjà rêvent les nids que ses soins ont nourris,
Et la plaine s'endort dans la pure lumière.

Dormez, ô champs d'avoine ou de blé jaunissant,
Que n'a pas effleurés l'aile du grand désastre,
Puisque vous ignorez que des torrents de sang
Coulent, dans d'autres champs, sous le regard des astres.

Puisque vous ignorez qu'on souffre et qu'on gémit,
Que vous n'entendez pas les vains appels à l'aide,
Et n'avez pas senti les canons ennemis
Qui creusent leurs sillons de mort dans la nuit tiède,

Dormez. — Le cœur rempli de douleur et d'effroi,
Je songe à tous les morts qui dorment dans la plaine,
Les yeux ouverts, drapés dans le suaire froid
Que leur font les rayons de la lune sereine.

Combien sont-ils, raidis sous ce grand linceul blanc,
Pauvres corps qu'entraîna leur âme enthousiaste,
Et que la mort faucha, dans leur splendide élan,
Sans distinguer leur rang, leur âge, ni leur caste.

Jeunes, où bouillonnaient la vie et son espoir,
Arrêtés en plein vol par les balles stupides,
Fils, frères ou maris, qui rentraient chaque soir
Aux foyers désormais brisés, à jamais vides....

Ils sont là, sous la lune claire, abandonnés.
Nul ne sait ce que fut leur minute dernière,
Ni si la volupté de t'avoir tout donné,
O France! emplit leurs yeux de suprême lumière.

Ils sont là..., jamais plus les regards pénétrants
Des mères, ne liront leurs détresses cachées;
Jamais, d'un doux sourire au fond des yeux fervents,
Les femmes, sur leurs fronts, ne seront plus penchées.

Même, on ne saura pas où le dernier sommeil
Les aura terrassés, dans quelle affreuse ornière;
Ils n'auront, attendant le suprême réveil,
A l'ombre d'une croix, pas même une humble bière.

Une tombe sans nom, dans un champ labouré
D'obus, que foulera la jeunesse oublieuse,
Et où des yeux, rougis d'avoir beaucoup pleuré,
Ne pourront plus trouver la place douloureuse.

Mais le Seigneur l'a vue, et de son doigt divin,
Il a marqué l'endroit, pour l'éternelle aurore.
Il guidera son ange en disant : « Cherche bien!
« Les fils qui dorment là, il me les faut encore! »

✢ ✢ ✢

II

L'INVASION

Champs ravagés, villes détruites,
Maisons où fit rage le feu,
Telles des visages sans yeux
Où la flamme sort par l'orbite;
Pont superbe qui s'écroula,
Eglises dont la tour s'incline,
Ce ne sont qu'incendie et ruine :
Les Prussiens ont passé par là.

Dans la fumée et les décombres,
Œuvre des barbares plus forts,
Errent des femmes, pauvres ombres,
A la recherche de leurs morts.
Dans l'affreux silence qui règne,
Elles ont un cri : « Le voilà! »
Ce n'est qu'un corps qu'elles étreignent :
Les Prussiens ont passé par là.

Le long des routes défoncées,
Traîne un cortège de fuyards;
Enfants en pleurs, tremblants vieillards,
Pêle-mêle, foule angoissée.
Dans les champs, qu'on abandonna,

Plus de fenaisons, plus de gerbes....
C'est du sang qui coule dans l'herbe :
Les Prussiens ont passé par là !

Ils foulent la terre de France,
La sainte terre de chez nous !
Leurs lourdes bottes, ô souffrance,
Et leurs obus y font des trous !
Ah ! je ressens la meurtrissure
De tous les coups qu'elle reçut !
Mon âme n'est qu'une blessure :
Les Prussiens ont marché dessus !

Mais à leur marche triomphante,
Dieu a déjà marqué l'arrêt ;
Pour la lutte âpre et confiante,
Mon cher pays se préparait.
Devant l'invasion infâme,
Se dressant d'un puissant effort,
Il a tiré sa bonne lame
Pour bouter les Prussiens dehors !

Arrière, les faiseurs de ruines,
Meurtriers de tant d'innocents !
Arrière, horde qui chemine
Dans l'incendie et dans le sang !
Qu'ils tournent leurs pas sacrilèges
Vers l'Enfer dont ils sont issus :
Dans la France que Dieu protége,
Les Prussiens ne passeront plus !

III

OBSESSION

La prairie est si verte et les bois sont si doux,
Pleins de sereine paix sous le soleil d'automne.
Je pense aux champs français où les obusiers tonnent :
     On se bat, on se bat chez nous !

Aux paisibles balcons les vignes sont penchées,
Rouges déjà, puisque septembre s'avançait.
Je pense aux jeunes corps gisant dans les tranchées,
     Pourpres, hélas ! de sang français !

Le canal miroitant que les saules surplombent
Se paillette d'or clair qui vibre dans ses eaux....
Chaque fleuve, chez nous, tout transparent ruisseau,
     Ne doit plus être qu'une tombe.

Dans l'église rêveuse aux clochetons pointus,
Les cloches, longuement, sonnent pour la prière.
Et je pense aux blessés, épars sur la bruyère,
     Dont le suprême appel s'est tu.

Bois d'or, prés veloutés, délicat paysage,
Où septembre a posé son charme pénétrant,
Mon cœur ne vous voit plus ; des tableaux déchirants
     L'emplissent de pâles visages.

Et mes yeux, qu'enchantait, jadis, votre splendeur,
Qui devinaient mon Dieu présent dans votre grâce,
Cherchent d'instinct, sur vous, de douloureuses traces,
    Les ruines que font les vainqueurs.

Tout obsédés d'horreurs, de bataille à outrance,
Et des dangers sans nombre où luttent nos soldats,
O champs de mon exil, ces yeux ne vous voient pas :
    Ils ne regardent que la France !

✣ ✣ ✣

SOUS LA GRANDE OMBRE

A L'HOPITAL

NUIT DE VEILLE

En écoutant tinter la pendule éternelle,
Cœur régulier qui bat aux salles d'hôpital,
La veilleuse clignote et rêve, humble fanal
Qu'alluma pour la nuit une main maternelle.

Un silence plaintif pèse sur tous les lits...
Inertes, sous leurs draps, comme dans un suaire,
Ils dorment, les blessés de l'effroyable guerre,
Et leurs blancs pansements s'accusent, sous les plis.

Ils dorment... ceux, du moins, que lassa leur souffrance.
Triste sommeil, hanté de rêves, haletant,
Qu'un voisin qui gémit interrompt par instants,
Et qui reprend, bercé de souvenirs d'enfance.

De temps en temps, cachant sa lampe de ses doigts,
A pas feutrés, de peur que le bruit ne les gêne,
Au chevet des dormeurs passe une forme humaine,
Toute blanche, et le front voilé sous une croix.

Attentive, épiant les souffles, les murmures,
Elle s'en va de l'un à l'autre, doucement;
Elle a, pour les border, un geste de maman,
Et sa ferme douceur les calme et les rassure.

Lorsque, dans la pénombre, en des yeux grands ouverts,
Une détresse implore, elle a, dans son sourire,
Un si puissant reflet de l'amour qui l'inspire,
Qu'ils se ferment contents, pour des songes plus clairs.

Et quand elle a passé dans la salle étoilée
D'une vague lueur, le malheureux qui dort
Rêve qu'il est guéri par la caresse ailée
    D'un grand ange blanc nimbé d'or.

✠ ✠ ✠

RADIOGRAPHIE

Dans la salle où passa tant d'humaine souffrance,
L'ombre, subitement, s'est faite... un ordre bref,
Et la nuit enveloppe, autour de leur grand chef,
Aides et patient, d'impressionnant silence.

Puis, au commandement, l'étincelle jaillit :
L'ampoule se remplit d'exquise clarté mauve.
Au rayon pénétrant qui révèle et qui sauve,
Tels le membre blessé, nos cœurs ont tressailli.

Dès lors, le front penché sur l'écran vert que guide
Une main attentive et sûre, les Docteurs
Fouillent d'un œil aigu, jusqu'en ses profondeurs,
La chair où s'enfonça le métal homicide.

Dans l'étrange pénombre où gronde le courant,
Le groupe, auquel le chef, en termes clairs, s'explique,
Semble une saisissante et moderne réplique
De la « Leçon » célèbre où s'inspira Rembrandt.

Mystérieusement, de la nuit qui les cache,
Remontent les secrets... et le mal est soumis.
Afin de réparer l'œuvre des ennemis,
Les savants, fraternels, se courbent sur leur tâche.

Et je songe, aux rayons d'une douceur pastel,
Que conduit, pour guérir, une science sûre,
Aux divines clartés que met sur nos blessures
Le regard de compassion de l'Eternel.

Ainsi, dans la nuit noire où se croisent les armes,
Dans la lutte farouche et dans le deuil obscur,
Luisent, comme un soleil réconfortant et pur,
La foi, la charité, que font naître les larmes.

Et l'œuvre ténébreuse où l'ennemi se plaît,
Ne laissant après lui que souffrances et ruines,
Aux rayons X du cœur brusquement s'illumine :
L'amour compatissant rebâtit et refait....

Malades ou meurtris, c'est vrai, notre âme pleure;
Mais comme les blessés sont guéris par vos mains,
Docteurs! nous sortirons de ces affreuses heures!
Et du beau sang versé refleurira demain
    La France grandie et meilleure!

✛ ✛ ✛

NUIT DE TEMPÊTE

Mon âme, entends-tu la tempête
Secouer les pins jusqu'au faîte,
Ebranlant les murs et les toits?
Entends-tu mugir la défaite
Sur tous tes frères aux abois?
— C'est au triomphe que je crois.

Mon âme, vois-tu la marée
Sur la barque désemparée,
Acharner ses flots mugissants?
Vois-tu venir à la curée
Tes adversaires tout-puissants?
— Nous serons vainqueurs, je le sens.

Mon âme, entends-tu dans la foule
Les cris des petits que l'on foule
Et des maux que nul ne secourt?
Vois-tu le vieux monde qui croule,
Sous le poids d'un tyran trop lourd?
— Non, j'attends un règne d'amour.

Mon âme, la rafale tombe
Comme la mitraille et les bombes,
Sur tous tes défenseurs du front...
Entends-tu pleuvoir, sur les tombes

De ceux qui plus ne reviendront?
— Je sais qu'ils ressusciteront!

Ah! tu peux souffler avec rage,
Vent furieux! sur ton passage,
Briser les branches et les toits...
Plus grand encor est mon courage.
Et si terrible que tu sois,
Mon espoir est plus fort que toi.

Qu'en écoutant ta voix mauvaise,
D'autres cœurs tremblent, mal à l'aise,
Saisis de froid ou de terreur;
J'ai l'âme brave, étant Française!
Et des prophètes de malheur
Le courroux ne me fait pas peur!

Souffle rugis, voix furibonde!
Si haut que ta colère gronde
La voix de Dieu parle plus fort!
Le mal qui ravage le monde
Un jour cèdera, sous l'effort
De celui qui vainquit la mort!

Et ce jour-là, notre détresse
Deviendra la pure allégresse
Des élus, que sauva sa main;
Tu peux rugir... j'ai sa promesse :
Si rude que soit le chemin,
La victoire y luira demain!

L'INFIRMIÈRE

Dans la salle très claire où pend un crucifix,
De l'amour qui se donne irrésistible emblème,
Dorment, le drap tiré jusqu'au visage blême,
Les blessés que la guerre impitoyable fit.

Ils rêvent; leur sommeil est peuplé d'ennemis,
De luttes sans merci, de terreurs, d'anathèmes.
Ils n'ont, pour s'éveiller, qu'un cri, toujours le même;
Du mal qui les atteint tout leur être frémit.

Et l'infirmière blanche à qui la garde incombe
De tous ces malheureux arrachés à la tombe,
Lorsqu'elle a disposé l'oreiller, savamment,
Essuyé le front moite et bandé la blessure,
Sent, pour ces grands enfants que son geste rassure,
S'épanouir en elle une âme de maman.

LE CROCHET

Depuis deux ou trois jours, quand le Médecin-chef
Passe près de son lit, il ne prend plus l'air grave.
Il demande : « Comment vas-tu? » d'un geste bref,
Et dit en s'éloignant : « Tu guériras; sois brave! »

Et le blessé sourit; brave, certe! il le fut,
Pour subir l'arrosage affreux et la mitraille,
Ou pour donner l'assaut aux Boches à l'affût....
Mais ceci est peut-être pis que la bataille.

Il faudra, de longs jours, et de plus longues nuits,
Immobile en son lit où la douleur le rive,
Supporter la souffrance, et la fièvre et l'ennui...
Et le blessé frissonne à cette perspective.

Mais l'infirmière a vu ses yeux, et deviné.
« Puisque vous allez mieux, dit-elle, souriante,
« Il ne faut pas avoir ce regard chagriné;
« Nous allons travailler; voyons ce qui vous tente. »

Et voici près de lui un professeur expert.   [mailles;
Les doigts sont gourds, d'abord, s'embrouillent dans les
Le crochet prend la laine et soudain la reperd...
Un peu de patience encor, pour que « ça aille! »

Et « cela va, » bientôt ; l'élève est très adroit.
Amusé, le voici qui combine un ouvrage.
Le jour n'est plus trop long, le lit n'est plus étroit...
Il travaille beaucoup, il est plein de courage....

Et parce qu'on lui dit : « Ne vous pressez pas tant,
« Vous vous fatiguerez, » il répond, palpitant
D'émoi, comme un enfant qu'on dérange : « Oh ! Madame !
« Je voudrais que ceci parte dans un instant :
  « C'est pour la fête de ma femme ! »

✢ ✢ ✢

UNE NUIT A L'HOPITAL

L'âpre bise hurle et s'emporte,
Lugubrement, sous le ciel noir;
Elle souffle sur mon espoir
Pour l'éteindre, me sachant forte...
C'est Satan qui frappe à ma porte.

Sous l'âpre vent, le toit gémit,
Et les feuilles mortes s'égaillent.
On dirait que cent ennemis
Autour de moi livrent bataille,
Et que les démons s'y sont mis....

Hurlante ou triste cantilène,
La voix de l'ouragan, dehors,
M'apporte l'écho de la plaine
Où gisent les blessés, les morts...
Et de terreur la nuit est pleine.

Au dedans, ce sont des soupirs,
Des appels tristes ou des plaintes...
Des pansements que le sang teinte,
La blessure qui fait souffrir,
Même en rêve... lente à guérir....

Et la nuit est sombre et méchante.
Sous tant de fardeaux rassemblés.
Certain de me faire trembler,
Le Malin est là, qui me tente
De suggestions d'épouvante.

Mais il peut rugir, aux abois,
Tordre les corps en agonie...
Mon Dieu est Maître de la Vie ;
Sa main guérit, comme autrefois,
Et l'ouragan cède à sa voix.

Sur ces affreuses meurtrissures
Son amour peut étendre encor
Le baume qui rend calme et fort...
Et sa présence me rassure :
Mon Dieu est maître de la mort !

Père ! malgré la nuit, l'orage,
Le mal qui semble triomphant,
Parce qu'en toi est son courage,
Nul ne peut rien sur ton enfant.
Même si l'ennemi l'assaille
Dans l'ombre triste et la douleur,
Il sait qu'il peut livrer bataille,
Car ton amour le rend vainqueur.

Arrière donc, ô voix funèbres,
Souffles déprimants et maudits !

Mon Dieu lutte dans ces ténèbres;
Déjà, sa grâce y resplendit!
C'est vainement que votre horde
S'acharne sur nos cœurs à vif....
J'attends de sa miséricorde
Le triomphe définitif.

✤ ✤ ✤

L'OPÉRATION

I

La salle est toute blanche, et les hautes fenêtres
Laissent passer à flots le jour blafard et gris.
Les instruments sont prêts : pinces et bistouris
Dans les plateaux flambés attendent le grand Maitre.

Les bocaux transparents, de compresses remplis,
S'alignent, comme nos soldats devant les reitres.
Une chaleur très douce imprègne de bien-être
La table où les draps blancs sont tendus, sans un pli.

Deux heures. L'on attend ; les blanches infirmières,
S'empressent, arrivant, comme il sied, les premières ;
Puis le Médecin-chef, son aide... et le blessé
Qui vit tant d'oiseaux noirs planer sur les tranchées,
S'endort, rêvant qu'il est, sous les coiffes penchées,
    D'un vol d'oiseaux blancs caressé.

II

C'est fini ; le Docteur met les dernières bandes.
Dans les plateaux, pinces et stylets sont épars ;

Et le shrapnell, intact, gît dans un linge, à part.
Du sang tache les champs, car l'entaille fut grande.

Il dort encor, le « gâs »; ses bras inertes pendent;
Et pour le soulever, avec de grands égards,
Les infirmiers sont là, glissant sur le brancard
Ce pauvre corps passif, que les balles nous rendent.

Une dernière fois, en se lavant les mains,
Le chirurgien, qui vient de vaincre le destin,
Commente la bataille, et ce qui doit s'ensuivre.
Puis il va, paternel et doux, jusqu'au chevet
Des blessés, en qui l'œuvre de mort s'achevait,
Et qui, entre ses doigts, se sont remis à vivre.

✝ ✝ ✝

NOËL 1914

Dans la nuit claire où luit une étoile divine,
Les bergers, pour lesquels elle brilla d'abord,
Viennent, comme jadis aux champs de Palestine,
    Sur la terre, une fois encor.

Ils cherchent, pour ouïr, ce soir, le chœur céleste
Chanter l'avènement du Prince de la paix,
Des champs comme les leurs, jadis, d'un charme agreste,
    Où leur troupeau, doucement, paît....

Ne cherchez point, bergers ! il n'en est plus au monde !
Ce qui garde les prés, aujourd'hui, c'est le fer.
Plus de cantique ailé, mais le canon qui gronde !
    Il n'est point de chœurs, en enfer.

Les champs, troués d'obus et creusés de ravines,
S'emplissent d'un vacarme effroyable, incessant.
Ce qui coule aux sillons, bergers de Palestine,
    Ce n'est plus de l'eau, mais du sang.

Leurs fleurs sont des shrapnells, leur rosée est mitraille.
Les vautours sont les seuls qui s'y puissent nourrir...
Et ces hommes, là-bas, dont la troupe s'égaille,
    Sont des héros qui vont mourir.

✠ ✠ ✠

Il est pourtant des champs où, loin de la fournaise,
Le silence a repris son vol, comme autrefois.
Voyez, ils sont creusés par des tombes françaises,
    Et le sol est planté de croix.

Sur ce vaste plateau qui vit la lutte affreuse,
Ils dorment, les enfants de la France ; et le vent
Au nom de la Patrie y chante une berceuse,
    En baisant les drapeaux mouvants.

Pour eux déjà, Noël a tenu sa promesse :
Ils sont entrés debout dans la paix de leur Dieu.
Les anges ont fait taire, en leurs chants d'allégresse,
    Le bruit strident des coups de feu.

Ne les plaignez donc pas, bergers! ils voient la gloire
Qu'annoncent dans leurs chœurs les messagers du ciel;
Ils sont nés avec Christ; leur part est la victoire.
    Ils fêtent un divin Noël!

✠ ✠ ✠

Mais pour nous qui restons, que votre âme s'émeuve,
Pâtres de l'orient qui vîtes le Sauveur!
Venez près des parents, des orphelins, des veuves,
    Dont la guerre a broyé le cœur!

Près d'eux agenouillés, dites-leur la naissance
Du frère, de l'Ami qui vient tout partager!
Portez-leur ce trésor que l'horrible puissance
    Du mal ne peut plus ravager!

Dites-leur : venez voir la crèche où Il respire ;
Laissez-vous pénétrer par son regard divin !
Et l'œuvre des méchants fût-elle cent fois pire,
    Ils auront travaillé en vain !

Oui, malgré l'ennemi, l'affreux semeur d'ivraie,
C'est Noël ! rien ne peut éteindre sa clarté ;
La nouvelle que Dieu proclame est toujours vraie :
    Aujourd'hui pour nous, Christ est né.

Avec lui, renaissons à l'immense espérance
Qui soutient tous les cœurs aux combats sans merci.
La victoire éternelle, à travers la souffrance,
    Et à ceux que Christ a saisis.

Luttons donc, sans faiblir, luttons jusqu'à l'extrême,
Sans mesurer le sang, la douleur ou l'effort ;
Luttons pour conquérir le triomphe suprême,
Et dire, avec tous ceux dont l'amour nous rend forts :
    « Noël ! Christ a vaincu la mort ! »

✠ ✠ ✠

« SI TU ES LE CHRIST, DIS-LE NOUS »

Les hommes, à travers les âges,
Sceptiques, souffrants, curieux,
Ont interrogé ton visage,
O Seigneur Jésus, roi des cieux !
Devant ta stature sereine,
Auprès de qui toute autre est vaine,
Les paroles de ton Esprit,
La puissance de tout ton être,
Ils on dit : « Réponds-nous, ô Maître !
« Es-tu le Fils de Dieu, le Christ ? »

« Pour nous défendre, dans nos luttes,
« Des pièges que le mal nous tend,
« Pour nous relever de nos chutes,
« Es-tu Celui que l'on attend ?
« Pécheurs et lépreux, tristes hordes,
« Vers toi criant miséricorde,
« Reviennent sauvés et guéris.
« Et l'on dit que des millions d'âmes
« Pour leur Rédempteur te proclament...
« Serais-tu le Sauveur promis ?

Aujourd'hui, notre temps tragique,
O Seigneur ! t'interroge aussi,

Mi-désespéré, mi-sceptique,
Sous la rafale sans merci.
« Ah! si de nous tu te soucies, »
Dit une voix, « divin Messie,
« Viens au secours de tes enfants! »
Mais l'autre voix dit, tentatrice :
« S'il était le roi de justice,
« Laisserait-il faire au méchant? »

Ainsi l'humanité dispute,
Hélas! sans qu'un raisonnement
Puisse faire cesser la lutte
Que déchaina l'orgueil dément.
Mais dans la foule qui t'implore,
O Seigneur! si beaucoup, encore,
N'ont pas de réponse à leurs cris,
Des souffrants, des âmes sans nombre,
Savent, malgré l'horreur et l'ombre,
Qui est le Seigneur Jésus-Christ.

Ceux-.a ont fait l'expérience
De ton amour dans la douleur,
De ta grâce dans la souffrance,
Qui, loin d'aigrir, les rend meilleurs.
O Jésus, pour celui qui t'aime,
Le deuil est la preuve suprême
De ta mission parmi nous...
Car à ses larmes, tu révèles
Le prix des choses éternelles
Que l'on ne reçoit qu'à genoux.

Dorénavant, tu es leur hôte,
Le roi de leur humble logis,
Que malgré ses tares, ses fautes,
Ton céleste amour élargit.
Sur eux les malheurs peuvent fondre :
Si le toit de l'abri s'effondre,
Les étoiles brillent encor;
Et si le seuil même s'effrite,
Rien, de l'âme que tu habites,
Ne peut t'ôter, même la mort!

De cette assurance bénie,
Nous vivons, ô Seigneur Jésus!
Fais qu'elle rayonne en nos vies,
Pour ceux qui ne t'ont pas connu!
Fais de notre âme, ta conquête,
L'humble miroir qui te reflète,
Afin qu'en ton nom, notre foi,
Au cœur qui dans la nuit s'enfonce
Porte la céleste réponse :
« Il est le Christ, le divin roi! »

✤ ✤ ✤

PÂQUES 1915

Au seuil d'avril, les champs ont la grâce timide
D'un sourire, en des yeux qui ont beaucoup pleuré...
L'ébauche du printemps verdit les bois humides,
    D'un souffle plus tiède effleurés.

Déjà, dans les bosquets, dans la forêt sonore,
Les appels clairs d'oiseaux se croisent... l'air est doux;
Les fleurs du renouveau ne s'ouvrent pas encore,
    Mais on les sent tout près de nous....

O fleurs! n'entr'ouvrez point vos odorants pétales!
Oiseaux, laissez dormir la forêt, sans chansons;
Car c'est un renouveau de douleur qui s'étale
    Sur le mois que nous commençons!

Ce n'est point de rosée, hélas! qu'elle est mouillée,
Notre terre! c'est de tout le sang qu'elle a bu!
Quels bourgeons éclôraient aux branches, dépouillées
    Par la rafale des obus?

A la voix du canon se taisent les colombes;
Merveilles où les doigts créateurs se sont plu,
Les roses pourront bien refleurir, sur des tombes...
    Mais l'avril ne sourira plus.

Car le fléau déchire, abat et déchiquète ;
Sous le souffle de feu destructeur, suffocant,
La nature, avec nous, élève sa requête :
    « Seigneur, Seigneur ! jusques à quand ?

« Jusques à quand, mon Dieu ! Père plein de clémence,
« Laisseras-tu le mal, ce terrible semeur,
« Enfouir sous ses coups notre bonne semence,
    « La pure jeunesse qui meurt ?

« Jusques à quand nos fleurs seront-elles foulées
« Comme le sont nos cœurs, brisés et frémissants,
« Par la mitraille, irrésistible giboulée,
    « Qui fait tomber les fruits naissants ?

« Jusques à quand, mon Dieu ! Sauveur qui nous protège,
« Permettras-tu que, joints aux bourreaux de ton Fils,
« Les méchants d'aujourd'hui grossissent le cortège
    « De ceux qui l'outrageaient jadis ?

« Ils sont donc revenus, les jours de son supplice ?
« Et Jésus, qui mourut pour nous laisser sa paix,
« Doit donc croire aujourd'hui son œuvre rédemptrice
    « Ruinée et perdue à jamais ?

« Père, serait-il vrai que tu nous abandonnes ?
« Qu'à voir tant de douleurs ton cœur n'ait point battu ?
« Devant notre adversaire et les coups qu'il nous donne,
    « O Dieu de clémence ! où es-tu ? »

Mais sur les grosses eaux où notre pied s'enfonce,
Les ruines que le mal, chez nous, amoncela,
Nos cœurs désespérés entendent la réponse :
    « N'ayez point de peur ! je suis là. »

Oui, le monde est saisi d'une horrible folie,
Et pour guérir ses maux vous êtes impuissants...
Mais voici : mon œuvre d'amour est accomplie,
    Et mon Fils lui donne son sang.

Il a subi les coups, la torture, la honte,
Et presque succombé sous l'infernal effort ;
Mais l'infâme gibet rayonne, quand y monte
    Le Sauveur qui vainquit la mort.

La croix où le péché cloua mon Fils unique,
Croyant ruiner son œuvre et demeurer vainqueur,
Devient, par notre amour, le signe magnifique
    De victoire par la douleur.

Le soleil s'est levé sur son sépulcre vide ;
Blessé, mais triomphant, il est ressuscité.
Et Pâques, désormais, est l'aurore splendide
    Du règne de la Vérité.

Laissez donc le méchant, qui lutte et s'exaspère
Au mal, accroître encor les crimes qu'il commet.
Ma parole n'est point de celles qu'on fait taire :
    Il n'en triomphera jamais.

Et le bon grain semé par une main qui saigne,
Dans les pleurs, au milieu des obus et des cris,
Sera l'épi doré des moissons de mon règne,
  Que recueillera Jésus-Christ.

Encore un peu de temps, et la mesure est pleine.
Fidèles jusqu'au bout, espérez, combattants !
Sur le seuil du Royaume où mourra toute haine,
L'amour victorieux effacera vos peines,
Et mon Fils, debout, vous attend !

✤ ✤ ✤

LE VOYAGE
AOUT-SEPTEMBRE 1915

TRAVERSÉE

Les cieux sont noirs, la mer est noire....
Le vent dit de tristes histoires,
Et la vague bat les récifs...
Où vas-tu donc, fragile esquif?
Vers l'écueil et la mort sans gloire?
— Non, je vogue vers la victoire.

Sous les cieux noirs, sur les flots noirs,
Où vas-tu, mon cœur? — Au devoir.

Le navire quitte en silence
Le port obscur; crains, s'il avance,
Des mines le mortel réseau
Prêt à t'engloutir, ô vaisseau!
— Non, j'ai foi dans la vigilance
Du Dieu bon qui garde les eaux.

Où vas-tu donc, quittant la France,
O pauvre cœur? — Vers la souffrance.

Le ciel est gris, la mer est grise,
Et l'horizon qui t'hypnotise
S'estompe à peine d'un profil...
Ce n'est point la Terre promise....

— Dieu guide la barque soumise.
Pourquoi m'abandonnerait-il?

Sous les cieux gris, sur les flots lisses,
Va donc, mon cœur, au sacrifice.

Au grand soleil le flot se dore;
Le danger t'a fait grâce encore,
Et la terre s'approche un peu...
Bientôt, sous le soleil de feu,
Mille splendeurs y vont éclore...
— Ah! c'est la force que j'implore!

Sur les flots bleus, sous le ciel bleu,
Mon âme, vas avec ton Dieu.

✢ ✢ ✢

RETOUR EN HOLLANDE

I

J'ai revu les forêts, et la grande bruyère,
    Océan mauve à l'horizon,
La dune où le vent monte en volutes légères,
    Et le jardin, et la maison....

Mais tu les as revus, mon âme, en étrangère ;
    Car leur douceur, leur floraison,
Leur délicat parfum, leur riante lumière,
    T'ont presque paru trahison.

Dans ce calme pays ignorant de la guerre,
Où chacun vit encor de sa vie ordinaire,
    Sans songer au voisin qui meurt,
Comment pourrais-tu vivre, oiseau blessé de France?
Tu réclames ta part de lutte et de souffrance,
    Et de souveraine douleur.

II

Ah! si j'ai dit parfois : la nature est la même,
    Partout elle a mêmes attraits ;

Les rossignols, partout, brodent le même thème
    Au fond de toutes les forêts....

Si j'admirais les pins, debout sous le ciel blême,
    Et si leur parfum m'enivrait,
Je renie aujourd'hui cela comme un blasphème :
    Ce n'est pas vrai, ce n'est pas vrai !

Non, les prés ont un cœur, les bois, une patrie.
Ceux de chez nous, ô terre affreusement meurtrie,
Sont plus sacrés encor, des coups qu'ils ont reçus...
Paysages baignés d'heureuse indifférence,
Vous qui n'éprouvez pas les douleurs de la France,
    Mon regard ne vous aime plus !

III

Ah ! les arbres, chez nous, ont une conscience ;
    Elle vibre aussi chez les fleurs ;
Et nous ne savons pas où la douleur commence,
    Quand la rosée y devient pleurs....

Les champs de mon pays savent quelle semence
    Y jettent nos fils, les meilleurs ;
Et leurs sillons sanglants préparent, tâche immense,
    La moisson qui mûrit... ailleurs.

Les choses ont aussi leurs morts, leurs hécatombes ;
C'est pour s'associer, en fleurissant nos tombes,
A nos deuils, que toutes les roses s'ouvriront...
Un jour, elles feront des couronnes de gloire,
Et mêleront leur grâce à la sublime histoire
    Qui s'écrit, là-bas, sur le front.

✠ ✠ ✠

AU CIMETIÈRE DE LAREN

J'ai regardé les croix de l'ancien cimetière,
Qui dort paisiblement sous les arbres géants. [pierre,
D'humbles noms sont gravés sur leurs branches de
Et des mots éternels s'y lisent, consolants.

Les morts y dorment bien, sous un ciel de prière,
Quelques tombes y ont des fleurs; toutes un nom.
Je songe à tous les morts ensevelis, sans bière,
Dans les immenses trous que creusent les canons.

Ah! pour eux le sommeil n'est pas encor possible.
L'ennemi, trop souvent, prend leurs tombes pour cible;
Nulle prière encor, pour eux, ne monta là.
Au fracas des obus, au cliquetis des armes,
Les mères n'ont pas pu venir baigner de larmes
L'endroit où leur enfant mourant les appela.

✠ ✠ ✠

Pauvres tombes! d'ailleurs, sait-on leur place exacte?
Sur ces pentes, ces champs, par l'ennemi fauchés
Terre, marmite, obus, tombent en cataracte...
Qui nous dira, Seigneur! où nos morts sont couchés?

La nature elle même oubliera; la semence
Deviendra dans ce sol l'épi mûr de demain....

Et nul ne saura plus qu'un cimetière immense
Y précéda, hélas! la charrue et le grain.

Mais toi qui les as vus tomber dans la tranchée
Seigneur, dont la pitié sur eux resta penchée,
Tu sais l'endroit précis où dorment nos héros
Et tu dis, au regard des mères et des veuves :
« Vos aimés ne sont plus où les frappa l'épreuve;
« Cherchez-les près de moi, ils sont dans mon repos! »

✢ ✢ ✢

PAYSAGE

La caresse du jour s'attarde
Sur les prés d'un vert lumineux,
Sur la robe fauve des bœufs,
Le garçonnet blond qui les garde ;

Et sur les bois, à demi-roux,
Que septembre respecte encore,
Les derniers rayons qui les dorent
Se font plus ambrés et plus doux.

Une paix souveraine baigne
Bruyère et troupeaux endormis...
Je ne puis penser qu'au pays,
Mon pays bien-aimé qui saigne.

Je ne vois que morts et blessés,
Sillons creusés par les marmites,
Ruines que la douleur habite,
Fermes et moulins délaissés....

Je ne vois que des tombes neuves,
Couvrant les nôtres, massacrées...
Et vers ces lieux, pour nous sacrés,
Un cortège de jeunes veuves....

Ah! que me parlez-vous de paix !
Mes yeux, à l'horizon immense,
Voient l'âpre lutte de la France,
O paysages hollandais !

✠ ✠ ✠

CONCERT SPIRITUEL

Sous la voûte sonore et dans la grande église,
Où l'appel du passé se prolonge, et se brise
    Contre les piliers blancs massifs,
Deux voix chantaient, ce soir, d'harmonieux cantiques;
Mais j'ai les yeux remplis de visions tragiques,
    Et mon cœur est inattentif.

Au-dessus de ces voix si pleines d'harmonie,
J'entends les cris d'appel, d'horreur et d'agonie,
    Le fracas du quatre cent vingt...
L'explosion d'obus, de shrapnells, de mitraille...
Au-dessus de Hændel, j'écoute la bataille,
    Et les orgues chantent en vain.

O voix qui célébrez la céleste allégresse,
Taisez-vous!... écoutez, au seuil des forteresses,
    La foule qui pleure et gémit;
Cessez de nous chanter les splendeurs éternelles,
Car j'entends dans la nuit la voix des sentinelles,
    Qui signalent les ennemis.

Beethoven et Mozart, César Franck, Borodine,
Vous dont l'âme chantait sa musique divine
    Sur tous les sommets lumineux,

Epargnez à nos deuils votre joyeux message,
Et rendez à nos morts ce solennel hommage :
    Un silence respectueux !

Si grands que vous soyez, quels chants pourraient nous
                              [plaire?
La voix des Bien-Aimés, que le canon fit taire,
    Vibrerait-elle en vos accents?
Quelle lyre pourrait, fût-elle trois fois sainte,
Couvrir, même un instant, l'universelle plainte
    Qui s'élève aux cieux frémissants?

Ah! sous toutes les nefs de tous les sanctuaires
Ne devraient plus monter que d'ardentes prières,
    Des appels toujours plus fervents,
Pour qu'après tant de sang, de pleurs, de sacrifices,
Nous voyions poindre enfin le règne de justice,
    Le royaume du Dieu vivant!

Alors s'élèveront les cantiques des anges,
Auxquels les rachetés mêleront leurs louanges :
    « Gloire à Dieu au plus haut des cieux! »
Et nos aimés, vêtus de leur robe de gloire,
Fiers d'avoir, par leur sang, obtenu la victoire,
    Chanteront l'Hosanna! comme eux.

UN CANTIQUE

Je suis le sanctuaire où Jésus-Christ habite.
J'ai ouvert devant lui la porte où il frappait,
Et depuis lors mon cœur bat plus fort et plus vite,
Et dans mon âme règne une indicible paix.

Lors même que la foule autour de moi gravite,
Vague de passion qui roule et disparaît,
Seule avec lui, je vais où sa grâce m'invite,
Et pour mieux l'écouter, tout mon être se tait.

O Jésus-Christ, mon Roi, mon Rédempteur, mon Hôte,
Fais que jamais mon cœur n'éloigne, par sa faute,
Ta céleste présence en moi! Garde-le bien!
Sois chef incontesté, seul conseiller, seul Maître,
Et que ton Saint-Esprit tellement me pénètre,
Que du « moi » misérable il ne reste plus rien!

Désormais donc, Seigneur, c'est toi qui devras vivre
    A ma place, à travers mon corps....
Je ne suis, en tes doigts, qu'un instrument; un livre
    Que tu signeras, à ma mort.

N'écris, sur ce qui reste encore de ses pages,
    Que ton nom, mille fois béni!

Que textes et pensers n'y soient que ton ouvrage,
    Par toi commencés et finis.

Fais que je ne sois plus que l'enveloppe humaine
De ton Esprit, de ta volonté souveraine,
    De ta personne même, ô Roi !
Pour qu'à force d'amour, d'obéissance active,
Je puisse, avec saint Paul, dire : « Au lieu que je vive,
    « C'est le Seigneur qui vit en moi ! »

St Martin of the Fields, Londres.

✢ ✢ ✢

L'OMBRE S'ÉCLAIRE

L'OMBRE S'ÉCLAIRE

« Je lève mes yeux vers les montagnes...,
d'où me viendra le secours ? »

(Ps. 121).

Sombre est le chemin et la côte est rude ;
J'ai levé les yeux vers votre altitude,
    Montagnes de Dieu !
Mes pieds sont lassés, car la pente est raide.
Anxieusement, je réclame l'aide
    Qui m'y porte un peu !

J'ai marché longtemps et mes membres saignent.
Vous êtes trop hauts pour qu'on vous atteigne,
    Sublimes sommets !
Ma faiblesse est grande et sans cesse tombe,
Et j'arriverai au seuil de ma tombe,
    Sans monter jamais....

Pélerin meurtri, sur la route étroite,
Quel guide puissant prendra ma main droite,
    Pour me soutenir ?
Blessé douloureux, faible et misérable,

D'où le cœur clément, l'aide indispensable
        Pourront-ils venir?

Ah! rassure-toi, voyageur qui doute!
Un secours t'attend, sur la longue route,
        Un guide plus sûr
Que l'étoile d'or qui guidait les mages.
Laisse-toi mener, par ce maître sage,
        Vers les sommets purs!

Viens, saisis sa main, pauvre âme qui souffre;
Franchis avec lui torrent, val ou gouffre:
        Il est toujours prêt.
Si tu es tombé, défaillant, coupable,
D'un effort suprême il te rend capable,
        Et pardonne, après.

Suis-le sans frayeur, sans répit, sans trêve.
L'aube est son sourire; au jour qui s'achève,
        Il ouvre le ciel.
Pour le lourd devoir et la tâche ardue,
Oui, ton seul secours, pauvre âme éperdue,
        Est en l'Eternel!

Ah! redis encor, voix qui m'es si chère,
« Pour lutter, souffrir, pour la vie entière,
        « Dieu est ton recours! »
Pour nourrir ma foi et mon énergie,
Pour quitter là ma joie et porter la vie,
        Dis-le moi toujours!

Ma force est en Dieu, car il est mon Père.
Apre est le sommet, mais ne désespère
    Jamais, cœur meurtri !
Car Jésus soutient celui qui l'implore,
Et tu salueras la céleste aurore
    Là-Haut, près de Lui !

❖ ❖ ❖

RETOUR EN FRANCE

J'accours vers toi, Mère Patrie,
Quittant foyer, parents, bonheur,
Vers toi, qu'avec idolâtrie,
    De tout mon cœur

Je veux aimer, servir et suivre,
Dans tes combats, dans ton effort,
Suivant ton geste qui délivre
    Jusqu'à la mort.

J'accours sans craindre une seconde
Tous les dangers dont le méchant
A semé la vague profonde,
    Traîtreusement.

J'accours à travers brise et brume,
Malgré la tempête et le froid,
Les supportant sans amertume
    Puisque pour toi....

Ah! déjà de loin, douce France,
Pendant des semaines d'émoi,
Mon cœur partagea ta souffrance,
    Et tout son poids....

Mais je viens pour que tu m'en charges.
Donne m'en beaucoup, maintenant!
J'ai l'âme forte et le cœur large,
    Mon Dieu m'aidant.

Donne-moi ma part douloureuse,
Ma part filiale de souci...
Afin qu'à l'aube glorieuse
Qui te verra victorieuse,
    J'en sois, aussi! —

✢ ✢ ✢

NOËL 1915

> « Longtemps après, le Maître revint. »
> (St Matth. XXI. 19.)

Noël! Jésus descend vers nous, comme autrefois.
Mais ce n'est plus l'Enfant qu'ont vénéré les mages,
Le frêle nouveau-né qu'on voit sur les images,
Entre d'humbles bergers et de splendides rois,

C'est le Maître du champ qui rentre en son domaine,
Pour voir si la moisson est mûre pour la faux,
Et si le grain divin, qu'il sema sans défauts,
A produit de bons fruits dans notre glèbe humaine.

Il a semé l'amour sans limites, celui
Qui, pour mieux se donner, subit jusqu'au supplice.
Il a semé la foi, la pitié, la justice...
Le bon grain doit avoir épié, aujourd'hui....

✠ ✠ ✠

O Maître! Ne viens pas! La terre labourée
    Par ta croix et par tes douleurs,
En dépit de l'amour dont tu l'as entourée,
    N'a pas produit de fruits meilleurs.

Les bons épis sont morts, étouffés par l'ivraie
    Que sema la main du méchant...
Et les vautours, Seigneur! les corbeaux, les orfraies,
    Sont ceux qui festoyent en ton champ!

Tu vins porter la paix aux mondes qui l'ignorent...
    Ils ont préféré le canon!...
Et chaque jour, les meurtriers te déshonorent.
    En osant invoquer ton nom!

Non, Maître! Ne viens pas! Ta terre est ravagée,
    L'ennemi règne, triomphant;
Tu verrais par ses mains ta vigne saccagée,
    Et la mort frapper tes enfants!...

✠ ✠ ✠

Mais Christ n'écoute pas; il lui suffit qu'on souffre,
Qu'on pleure ou qu'on gémisse en regardant à Lui,
Ou qu'un seul malheureux se penche au bord du gouffre,
Pour qu'il quitte le ciel où son étoile luit.

Il vient. Pour recevoir le Maître qui s'approche,
    Veillons, en loyaux serviteurs.
Et pour lui préparer un logis sans reproches,
    Ouvrons, purifions nos cœurs.

Ce sont des cœurs tremblants d'angoisse et d'épouvante,
    Que la haine assiége, aussi...

Seigneur, nous ne t'offrons, pour demeure vivante,
    Qu'une âme pleine de soucis !...

Mais pour que nous soyons vainqueurs dans la bataille,
    Ainsi que tu nous l'as promis,
Viens demeurer en nous ! Dresse ta haute taille
    Sur le seuil, face à l'ennemi.

Entre, Jésus ! Et chasse, ainsi que d'un repaire,
    Tout ce qui t'offense en nos cœurs ;
Fais de chacun de nous une maison du Père,
    Dont tu seras le seul Seigneur !

Si le monde méchant ne rêve que tuerie,
    Où les faibles sont massacrés,
Que nos âmes, du moins, soient une hôtellerie
    T'offrant asile, hôte sacré !

Et qu'un jour vienne, ô roi de Paix et de clémence,
    Un Noël pur et radieux,
Où l'univers entier ne soit qu'un cœur immense
    Où renaisse le Fils de Dieu !

✣ ✣ ✣

BORDS DE LA MARNE
1916

J'ai vu le ruban d'eau nacrée
Où vient sourire le ciel bleu;
Il baigna la terre sacrée
Que laboure, incessant, le feu.
Ces flots paisibles, et que ride
A peine une brise timide,
Ont vu le sang couler, plus fort
Que les torrents de la montagne...
Ils ont vu de riches campagnes
Périr au souffle de la mort.

Autour des bois qu'ils décapitent,
Ils ont vu siffler les obus;
Dans la mitraille qui crépite,
Ils virent passer nos poilus.
Et les barbares sur leurs berges,
En se croyant des Boanerges,
Ont pillé, tué, festoyé,
Tandis qu'à la lueur des flammes,
Des cortèges de pauvres femmes
Y cherchaient les corps des noyés....

De cette vision d'histoire,
De gloire tragique et d'horreur,

O flots ! gardez-vous la mémoire ?
Vous avez repris vos couleurs...
Et le pélerin, sur vos rives,
En cherchant quelque trace vive
Des tableaux que vous avez vus,
N'y trouve pas même une épave,
Où inscrire, splendide et grave,
Le nom de quelque disparu....

Non, tu n'as pas, ô large fleuve,
Gardé l'image que tu vis ;
Dans tes flots clairs, les jeunes veuves
Ne verront point de traits chéris.
Aux champs de lutte et de souffrance,
Tu passes, plein d'indifférence,
Du même cours, tranquille et lent ;
Même l'héroïque épopée,
N'interrompt point la mélopée
Que murmurent tes flots d'argent.

Mais dans nos cœurs, vagues profondes,
Roule un fleuve de souvenirs ;
Tout le sang dont le sol s'inonde,
Comme un torrent, y peut tenir.
En nous, il entraîne, inlassable,
Tout égoïsme misérable,
Tout souci lâche ou personnel...
Mais, lui aussi, met au pillage...
Et ne laisse dans son sillage
Que le recours à l'Eternel.

Ah! de ce fleuve de souffrance,
Qui dans nos cœurs roule à pleins bords,
Seigneur, toi seul, dans ta clémence,
Peux arrêter l'œuvre de mort.
De ce torrent d'horreur, de haine,
Fais la rivière dans la plaine,
Par qui le sol est fécondé,
Et du limon qu'elle charrie
Pour tous, fais un fleuve de vie
Dont l'univers soit inondé !

✠ ✠ ✠

LES ÉPINES FLEURIRONT...

La couronne d'épine a ceint ton front, Patrie !
O France, pour le droit divinement meurtrie,
Comme ton Chef, tu portes, en ployant sous le **faix**,
La croix de l'Univers chargé de ses forfaits.
Et les peuples, sachant que pour eux tu te livres,
Et que la mort des tiens leur permettra de vivre,
Lèvent sur toi des yeux pleins d'espoir et de foi,
En disant : de nos maux, ô France ! souviens-toi. »

Va donc, en chevalier de la cause divine.
Dieu fera naître un jour, sur le cercle d'épines,
Que féconda le sang de tes meilleurs enfants,
De merveilleuses fleurs au calice éclatant.
Elles auront la pourpre et la splendeur royales :
Blanches, comme l'épée entre tes mains loyales ;
Et reflétant le ciel dans leurs calices purs,
Elles auront la transparence de l'azur.
Leurs parfums seront ceux de l'encens des victoires,
O France ! et ce seront les roses de la gloire !

✠ ✠ ✠

UNE GRANDE CLARTÉ SE LÈVE

« Les nations assises à l'ombre de la mort
ont vu une grande lumière. »
(Isaïe, IX, 1-2.)

« Sur les peuples assis à l'ombre de la mort,
   « Une grande clarté se lève. »
Les anges l'ont redit, ô France! en leurs accords,
   En te voyant prendre le glaive.

Car tu ne l'as pas pris pour piller l'innocent,
   Ni choisir les femmes pour cible;
O Mère! tu n'as point fait des rêves de sang
   Pour la tyrannie impossible!

Mais tu étais trop belle et trop grande... envieux,
   Les méchants ont tissé leur trame;
Longuement, savamment, traîtres minutieux,
   Ils ont voulu la guerre infâme.

Ils ont cru qu'ils t'auraient, ô Patrie! aisément,
   Te jugeant, comme eux-mêmes, vile.
Et ils se sont jetés, comme un torrent dément
   Sur les campagnes et les villes.

Oh ! le cri de terreur des faibles, des petits,
    Qu'ont foulés de sauvages hordes !
A travers l'Univers, son horreur retentit,
    Jusqu'au Dieu des miséricordes.

Dans la nuit, c'est le vol, l'incendie et la mort,
    L'assassinat et l'épouvante ;
Le droit de tout détruire et tuer, du plus fort,
    Dont cyniquement il se vante.

Et les peuples, saisis de terreur et d'effroi,
    Croyaient proche la fin du monde,
Voyant rouler sur eux des monstres à yeux froids,
    Comme un fleuve de boue immonde....

Lorsque tu redressas, ô France, devant eux
    Ta hautaine et fière stature
Pour défendre le juste droit, les malheureux
    Et les faibles que l'on torture !

Rempart sacré des vieux comme des orphelins,
    Qui donc, sans que ton cœur s'émeuve,
A crié ! : « Secours moi ! » en te tendant les mains
    O France ! au moment de l'épreuve ?

Pour que subsiste aux cœurs l'espoir ; pour que la foi
    Résiste aux assauts qu'on lui livre,
Tu te lèves, champion du monde ! c'est sur toi
    Que les autres comptent pour vivre !

Va donc, pour la justice et pour la liberté,
    Afin qu'on croie encore en elles.
Combats, tout mon espoir, mon amour, ma fierté,
    O mon pays! France éternelle!

✠ ✠ ✠

« SENTINELLE, QUE DIS-TU DE LA NUIT? »
« LE MATIN VIENT! »

« Sombre est la nuit.... O Sentinelle, sur la tour,
   « A tout ce qui passe attentive,
« Que dis-tu de la nuit? Vois-tu poindre le jour?
   « Rassure notre âme craintive! »

« Oui, je devine l'aube à l'horizon lointain....
   « Frères, un peu de patience!
« Déjà luit à mes yeux l'étoile du matin :
   « Le sourire de notre France! »

✤ ✤ ✤

TABLE DES MATIÈRES

✛ ✛ ✛

	Pages
A l'Ombre de la Mort (1914-1915)	7
Le pressentiment de l'Ombre (mai-juin 1914)	11
Devant une Croix.	13
Les Rameaux	15
Chemin de Croix.	17
Pâques 1914	27
La Lampe	30
Ascension 1914	32
Le Mois d'août en Hollande.	35
I. Vision	37
II. L'Invasion	39
III. L'Obsession	41
Sous la Grande Ombre. A l'Hôpital	43
Nuit de Veille.	45
Radiographie	47
Nuit de Tempête.	49
L'Infirmière	51
Le Crochet.	52
Une Nuit à l'Hôpital.	54
L'Opération	57
Noël 1914	59
« Si tu es le Christ, dis-le nous ».	62
Pâques 1915	65
Le Voyage (août-septembre 1915)	69
Traversée	71
Retour en Hollande	73
Au Cimetière de Laren	76
Paysage.	78
Concert spirituel.	80
Un Cantique	82

L'Ombre s'éclaire 85

Retour en France. 90
Noël 1915 92
Bords de la Marne 95
Les Épines fleuriront 98
Une grande clarté se lève 99
Sentinelle, que dis-tu de la nuit? 102

✤ ✤ ✤

LA ROCHE-SUR-YON. — IMPRIMERIE CENTRALE DE L'OUEST. — 4-16.

LA ROCHE-SUR-YON

IMPRIMERIE CENTRALE DE L'OUEST